LES

NATIONALES

POÉSIES

PAR

ERNEST FADAT

MONTPELLIER

IMPRIMERIE CENTRALE DU MIDI

(Hamelin Frères)

—

M D CCC LXXIX

LES

NATIONALES

POÉSIES

PAR

ERNEST FADAT

MONTPELLIER

IMPRIMERIE CENTRALE DU MIDI

(Hamelin Frères)

—

M D CCC LXXIX

AU LECTEUR

A diverses époques, j'ai composé, sous l'action de faits plus ou moins impressionnables, quelques petites pièces de poésie dont le plus grand nombre a été donné ou égaré.

Encouragé par des amis et, mieux, par quelques grands hommes, j'avais d'abord projeté de réunir en un volume les pièces et fragments qui me restent sous main. Mais, après réflexions faites et afin de me mettre à la portée de tout le monde, je crois devoir les faire paraître par brochure.

En conséquence, je donne à la présente le titre de *Nationales*, sachant bien que mes sentiments et mes idées sont les idées et les sentiments de la grande partie de la Nation.

Ernest FADAT.

LES

NATIONALES

APRÈS LES ÉLECTIONS DU 5 JANVIER 1879

AU GRAND CITOYEN LOUIS BLANC [1]

Victoire ! Et les échos ont répété : Victoire ! !
Et tout a pris soudain une teinte de gloire
(Hors les pauvres battus). Les chants de liberté
Ont réveillé partout ardeur, charme, gaîté.
Rien ne brille en son plein sous l'ombre d'esclavage ;
La juste liberté de l'homme est l'apanage ;
Et notre cinq janvier de l'an septante-neuf
Pourrait bien avoir mis le monde presqu'à neuf.
Ainsi soit. Que la France, entrant dans nouvelle ère,
Quitte de son plongeon, soit à jamais prospère.
Sur l'abîme creusé par l'Empire fangeux,

---

[1] L'auteur a été honoré des remerciements et félicitations du célèbre Louis Blanc.

Des hommes se dressaient sublimes, courageux :
Forts comme le Destin, grands comme le Génie,
Ne respirant rien plus que l'heur de la patrie.
L'un s'en revient d'exil, l'autre a vu la prison;
L'autre porte en lui l'esprit de la nation.
Tous, lancés fortement dans la grande partie,
N'ont qu'un vœu : le salut de la démocratie.
Types du vrai, du grand, du puissant et du beau,
La lumière se fait autour de leur drapeau ;
Et, forts du droit humain, de quelque noir naufrage
Ils viennent de sauver la France et l'équipage.

Salut ! grands citoyens, véritables héros,
Non point verseurs de sang, mais bien bandeurs de maux,
Salut et gloria ! Dans sa reconnaissance,
L'avenir chantera les sauveurs de la France.
Agréez du présent les souhaits et les fleurs,
Qui vous sont adressés par des millions de cœurs.

AUX DÉPUTÉS, AUX SÉNATEURS

Janvier 1879.

———

OMBRE

———

I

Après avoir fêté l'immortel cinq janvier,
Tout ruisselant de gloire et couvert de laurier,
Le peuple demandait, selon toute logique,
Des vrais républicains chefs de la République.
Et ceux qui se trouvaient en tête de l'État
Rêvaient ou complotaient quelque sombre attentat.

. . . .
. . . .
. . . .

La date quatre-vingts, comme un port salutaire,
Fait épanouir tout cœur réactionnaire.
Devant ce rendez-vous, les partis industriels,
Poussés dans le ressort des secours mutuels,
Se sont coalisés, bien sûr, sans se complaire.
Mais le besoin pressait : voilà la grande affaire.

L'union n'a pas fait la force, cette fois,
Et les battus du cinq, confondus aux abois,
Dans les esprits bornés glissent une espérance
Qui peut-être, chez eux, est moindre qu'on ne pense.

Soudain ! le bruit s'épand avec confusion,
Que chef et cabinet, tout reste en fonction,
Et qu'on doit honorer d'entière confiance
Ceux-là qui voudraient bien tarir notre existence.

Ciel et terre, entendez ! Jamais l'humanité
Vit-elle, hors fiction, telle excentricité ?
Non, ça ne se peut pas ; non, c'est un pur mensonge
Ou le produit trompeur de quelque triste songe.
Mais les journaux sont là. —Les journaux sont menteurs
Donnant des ennemis les écrits imposteurs....

Pourtant l'on voudrait bien s'éclaircir de la chose :
On désire, on hésite,... et l'on veut... et l'on n'ose...
La crainte dans nos cœurs, croisant la volonté,
Nous tient en le suspens de la perplexité.
L'on attend. Sans tarder, l'ardente Renommée
Menteuse quelquefois, ce coup bien informée,
Dit, redit, et publie et republie encor,
Le fameux contre-sens de l'argumentabor.

Pendant que nous rêvons sur cette scène étrange
Qui nous monte l'esprit, nous creuse, nous démange,
Les bons conservateurs, contents de leur côté,
Voguent dans les transports d'une folle gaîté.

Eh ! ma foi, c'est pour eux fort propitiatoire
Que nous cédions le pas au sein de la victoire.
Aussi, sur la grandeur de leur ricanement,
Les voit-on se carrer d'un air tout triomphant.
Matamores, tout bons à défricher la terre,
Ils nomment quatre-vingts d'une voix de tonnerre.
C'est leur ralliement, leur grand camp, leur grand fort,
Le rayon de leur vie et notre point de mort.

Laissons ces mannequins se gonfler à leur aise
D'un fameux avant-goût flottant, sans hypothèse.

Mais vous ; ohé ! là-bas, nos beaux représentants,
Dormez-vous ? ou plutôt, êtes-vous tous absents ?
Quoi ? lorsque vous tenez le pouvoir des deux ailes,
Nous laisserez-vous là dans des transes mortelles ?
Vous a-t-on envoyés à la Chambre, au Sénat,
Pour tortiller ainsi votre grave mandat ?
Prenez garde.! Le peuple, à force de courage,
De patience, d'efforts, a vaincu l'esclavage !
Mais rien, dorénavant, ne pourra mettre un frein
Au légitime essor de son droit souverain.

Le peuple est grand, le peuple est fort, le peuple est juste,
Mais il ne peut souffrir devant sa face auguste
Ces éclaireurs passifs, incertains, nébuleux,
Ralentissant l'élan de son char glorieux.
Il veut l'action franche et la franche lumière ;
Il veut la République éclatante, sincère ;
Et, dans ces vieux farceurs maintenus au pouvoir,
Hélas ! il n'aperçoit que du louche et du noir.

Ils ont l'instinct fameux, en fait de politique !
N'importe : dans le fond de leur drame magique
L'on voit danser les loups sous l'habit de berger....
Eh ! quoi diable vous pousse à vous y confier ?
Sabras, de la valeur de feu Pistol son maître,
Après avoir perdu, ne sera-t-il pas traître ?
Et ces portefeuilles ont-ils si bon aloi,
Que nous puissions dormir à l'ombre de leur foi ?
Prenez garde ! Tremblez que trop de confiance
Ne fasse vaciller le salut de la France !

Saisissez la Fortune alors qu'il en est temps ;
Le renvoi, bien souvent, a fait des repentants !
Et, par le triste effet d'une faiblesse hostile,
N'allez pas susciter quelque guerre civile.
L'histoire, entachée de ces horribles coups,
Se dresse frémissante en criant : Garde à vous !

Décidez, maintenant. Ne croyez pas possible
Que l'hydre, d'un seul coup, devienne compatible.
La nature a parfois des caprices frappants,
Mais ces miracles-là battent encor les vents.

Bref ! le peuple a son soûl de tant de manigance,
Il veut la réforme et plus de complaisance.
Organes de ses droits et de sa volonté,
Songez que son vouloir a toute autorité.
Les faits ont démontré qu'en la grande bataille,
Rois, traîtres et tyrans, n'étaient pas de sa taille.
Gardez que son esprit ne monte en fusion
Et que le grand volcan ne fasse irruption.
Une fois débordé, rien, plus rien ne l'arrête :
C'est l'immense torrent, c'est la triple tempête ;
Et, tels qui l'ont bravé, du jour au lendemain
Se sont endormis... tout, — se sont réveillés... rien.

Frémissez ! La rumeur, par moments entendue,
Et grandit, et grossit, et gagne d'étendue.
C'est un commencement du grand peuple en courroux:
Marchez selon ses vœux ; ou bien tremblez sur vous!...

LUMIÈRE

II

On eût dit un moment que le grave Destin,
Dans la sombre nuée, et le front incertain,
L'index sur le guidon de la haute balance,
Ne sait plus quel chemin faire prendre à la France.

Soudain ! un coup de foudre imposant, inouï,
Renverse Mac-Mahon, met en place Grévy ;
Et du sublime éclat, les rayons électriques
S'en vont porter la joie aux cœurs démocratiques.
Aussitôt un grand cri partant de tout côté,
Fait entendre ces mots : Vive la liberté !

Vive Jules Grévy ! Vive la République !
Et, sous l'impression d'un charme pathétique,
Le peuple va, vient, court ; dans un touchant accord,
L'on se presse la main avec un vif transport.

Au milieu des bravos ! les maisons pavoisées
Sont bientôt d'haut en bas partout illuminées ;
Et la nuit se transforme en jour étincelant
Comme par l'action de quelque enchantement.
O grand jour ! sois béni. Jamais bonne nouvelle
Ne fit tant éclater la joie universelle.
Bombes, musiques, chants, cloches, de leurs concerts
Font bondir les échos et retentir les airs.

Vive la Liberté ! cette essence de vie,
Et pas assez connue et trop longtemps ravie.

Tel, Epiméthée, par un coup imprudent,
Laissà tomber les maux sur le monde naissant ;
Tels, mais mieux, des brigands volant la vie humaine,
La chargèrent de pleurs, et de sang et de peine,
Liant de pied en cap l'auguste Liberté...
Et pour la délier, Ciel ! qu'il en a coûté.
Mais enfin la voilà, vivifiant la France,
Et l'on chante et l'on rit sous sa douce influence.
Son souffle, dissipant les funestes vapeurs,
D'une séve plus pure alimente les cœurs.
Et tout ressent l'effet d'une flamme nouvelle :
Le corps a plus d'élan, l'esprit étend son aile.
Du sein des arcs-en-ciel, de nos drapeaux flottants,
Montent à cœur plein d'énergiques accents.
C'est le patriotisme avec la Marseillaise
Qui reviennent, foulant une police niaise ;
Et des joyeux banquets de partout sont dressés,
Et de gerbes de feu les airs sont sillonnés.
Les zéphirs vont chantant mystique mélodie ;
Les astres sont dansants dans leur clarté grandie.
O sainte Liberté ! pour mieux te célébrer,
Le ciel comme la terre a voulu se parer.

Tonnez, canons; battez, tambours; sonnez, trompettes;
Danses, jeux, en avant ! C'est la reine des fêtes,
C'est l'ère du salut, c'est le port radieux,
C'est le triomphe enfin du peuple valeureux.

Cinq et trente janvier, en tresses d'immortelles,
Place à vous ! au zénith des fêtes solennelles.

Les battus sont sages. Vraiment ! ils n'ont bougé.
Mais ne voyez-vous pas que leur sang s'est figé ?
Étourdis par le coup, ils tremblent, ils pâlissent,

Et la tête leur tourne, et leurs genoux fléchissent:
L'on dirait qu'un fléau, répandant la terreur,
Les a soudainement réduits à la torpeur.

Pourtant, quelques dragons de la bigoterie,
Sur le mot de (brégand!) remorquent leur furie ;
Et, se tordant les bras, s'arrachant les cheveux,
Maudissent le destin, et la terre et les cieux.
Quatre-vingts, à présent, peut se faire connaître ;
Le grand monstre a crevé même avant que de naître.

Et quatre-vingts viendra, d'un air tout souriant,
Nous donner des bienfaits par son accouchement.

Que de craintes, ô Ciel! ce grand coup nous délivre ;
Dans son propre élément le peuple s'en va vivre.

Mandataires, voyons! à l'œuvre maintenant.
Vous n'avez plus l'abord de l'anti-président ;
Et, sous un air trop pur, je vois le ministère
S'éteindre, suffoqué, tout comme un poitrinaire.

L'horizon est à nous ; et tout sombre brouillard
Ne doit plus entraver notre libre regard.
Mais d'abord, pour combler notre belle victoire,
Il faut que la clémence en couronne la gloire.
Au milieu du triomphe et pour bien gouverner,
Il faut savoir punir, mais savoir pardonner.
Et tout sujet fautif, usé par la souffrance,
Par ses propres malheurs est digne de clémence.
Pardonnons! Pardonnez! Pas de vifs plaidoyers.
Ajoutez ce feston à vos naissants lauriers.
Et que ces retranchés de la mère-patrie,
En revoyant ses bords, reprennent encor vie.
Puis, comme l'acquéreur d'un sol rébarbatif,
Le défriche, le plante et le rend productif,
Tels, dans le champ couvert de toute politique,

Arrachez et plantez selon la République.
Mais dans votre choix faites bien attention,
Car l'arbre d'apparat est parfois sauvageon ;
Et dans le vaste plant de la magistrature.
Que de buissons mordants et que de pourriture !
Tenez, là, franchement, sans battre trop l'écart,
Je crois que de bonne hante, il n'en est pas un quart.
Oh ! que cela me sent la vieille omnipotence,
La chicane, ses crocs, ses abus... Quand j'y pense,
Mon esprit, d'un seul bond saute du peuple au roi,
Et tout l'ancien régime est dressé devant moi.
Je vois sur leurs sommets ces géantes carcasses,
Repaires de brigands... de ces monstres rapaces
Qui, bien plus que la peste, ont servi les tombeaux....
Et j'entends maintenant, à travers les créneaux,
Passer en longs fuyants la brise gémissante,
Et l'oiseau de la mort, la chouette pleurante.

Parfois je me suis dit : Est-ce de tant de torts,
Les âmes des bandits éprouvant des remords ?
Ou la voix des martyrs qui demande vengeance ?....
Dans tous cas des brigands, non, non... la descendance
Ne doit avoir emploi, poste, ni dignité,
Au régime du peuple et de la liberté.

C'est un point culminant et facile à comprendre :
Le feu, par trop souvent, se couve sous la cendre.
Après être tombé, tout tend à remonter,
Et l'orgueil de la règle est le maître foyer.
Les rejetons plaqués de l'ancienne noblesse
Rêveront plus ou moins ; mais rêveront sans cesse
A ressaisir les droits qui leur sont échappés,
Et marcheront toujours selon ces préjugés.
Arrière donc ceux-là. Point, point de confiance ;
Tenez-les à l'écart de la digne balance,
A moins que l'on ne veuille à leur tour les peser...
—Ah ! ce serait d'Astrée à bien justicier.

Puis, dans l'éclat pompeux de ce brillant rouage
Que l'on nomme armée, la force, l'esclavage;
Où rien : un signe, un mot, sont des rébellions,
Combien n'ont pas surgi de hautes trahisons !
Prenez garde ! Il faut bien chercher à reconnaître
Le vrai régulateur de ces maître-sur-maître ;
Car les puissants moteurs du cercle souverain
Peuvent rompre ou lancer à leur propre dessein ;
Et quelquefois, le fait enfanté d'un caprice
A poussé le destin d'un peuple dans la lice,
Et d'un funeste choc... Pétard ! mais ces chocs là
Ont suscité souvent un lamentable... Holà !
Holà ! quand mal est fait. De telle ignominie
Tâchez de garantir le sol de la patrie.
Assez et trop longtemps les peuples malheureux
Se sont entr'égorgés pour des ambitieux.
Guerre aux guerriers qui par intérêt politique,
Tendraient à s'écarter de notre République !
Guerre à ces branle-bas ! Il faut des commandants
Pleins de patriotisme et de hauts sentiments;
Que leur cœur, bien trempé, se roulant dans leur âme,
Ne fasse prévaloir qu'une sublime flamme ;
Et, tels que les preux Grecs, tels que les preux Romains,
Ils aient gloire et vertu pour but et pour moyens.

Envisageons, enfin, la chaîne sans seconde
Qui dit tenir le Ciel, l'Enfer, la Terre et l'Onde;
Sans cesse à des chaînons s'adaptent des chaînons,
L'on en voit partout des ramifications.

Forgée au sein du saint, sous sa flamme divine,
D'abord, elle grandit dans sa sainte origine;
Les apôtres, remplis du soleil de la Foi,
Dispensaient les rayons de la Suprême loi;
Et, prêchant les vertus, les pratiquant d'exemple,
Grandissaient chaque jour l'horizon du vrai temple.

Chacun dans un seul tout, d'une sainte ferveur,
Du céleste foyer terrestre réflecteur,

Dans l'extatique emploi de magnanime vie,
Sans crainte, sans soucis, sans orgueil, sans envie,
Répandait les trésors dont il était doté :
Croyance, amour divin, clémence, charité;
Et dans ces temps bénis, sous la céleste aurore,
L'on voyait de partout des nouveaux cœurs éclore.

Tout se transfigurait. L'Enfer en frissonna;
Le maître sulfureux frappa du pied, guigna.
Tree-hut ! La voilà donc la chaîne formidable
Dont on veut enchaîner... moi. Mais je suis le Diable !
Du Père j'ai gâté l'œuvre en le paradis,
Et je vais maintenant la troubler sous le fils.
Sitôt dit, sitôt fait. Sous l'aspect d'un apôtre
Recueilli, sous semblant de dire un patenôtre,
Il aborde la chaîne. Eh ! savez-vous, mes mieux,
Ce que le Ciel m'a dit en un songe orageux,
C'est que, représentants du Saint expiatoire,
Nous devrions en nous faire éclater sa gloire,
Et d'un Wuut il souffla l'affreuse ambition !

Soudain ! de bout en bout, sous la commotion,
La chaîne rebondit et prend nouvelle allure,
Sous le feu de l'orgueil le tout se transfigure ;
En place de l'uni, de la simplicité,
Paraît rouge, violet, le doré, l'argenté;
Et, sur un successeur qu'on donne à l'humble Pierre,
Brille parmi l'or une précieuse pierre.

Il faut à ces acteurs d'actes mystérieux,
Equipages frappants, palais majestueux,
Messagers, serviteurs, et... table bien servie,
Du nectar de Bacchus et de notre ambroisie.

Puis, avec tout cela, prêchez gratuitement :
Il faut décapiter le Saint commandement.

Voyons, petits et grands, riches, gueux, rois et princes,
Il nous faut de l'argent, il nous faut des provinces.

Travaillez donc pour nous, nous travaillons pour vous;
Devant les oints de Dieu fléchissez les genoux.
Soyez humbles, contrits, ayez pleine croyance,
Et nous vous donnerons très-haute récompense.
Nous avons tout pouvoir : l'enfer nous est soumis,
Et nous tenons les clefs du divin Paradis.

Il faut pouvoir punir, il faut pouvoir absoudre ;
Mais, pour terrifier, il leur manque la foudre.
Vlan! on en crée une, et qui met aux abois
Le peuple, les seigneurs et même encor les rois.
Si bien qu'on craint dès-lors la bulle qui fulmine
Bien plus que les éclats de la foudre divine.

Puis l'on découvre, ô joie! un secret inconnu,
Caché de tous les temps et qu'on dévoile à nu:
C'est qu'on peut se laver de toutes les offenses,
Achetant de Rome les saintes indulgences.

Ouvrez votre sacoche : au tin-tin de l'argent
Le Diable prend sa course et Dieu devient clément.
Donnez, vite.... achetez. La pécune bénie
Peut blanchir des forfaits la noirceur infinie....

Un simple moine, enfin, ose jeter au feu
Ces iniques jouets de la grandeur de Dieu.
Puis un puissant humain, maître d'une autre foudre,
Frappe le fulminant et réduit tout en poudre.

Aujourd'hui, jetés dans la consternation
Par le progrès de la civilisation,
Ils se retranchent dru derrière les miracles :

Font voir partout la Vierge émettant des oracles,
Pesant de tout leur poids sur les faibles d'esprit
Comme dernier crampon de leur ancien crédit.
Mais en vain, l'horizon pétille d'étincelles
Et le grand jour se fait à toutes les prunelles ;
Et le peuple, sortant comme d'un lourd sommeil,
Étourdi. confondu, s'aperçoit au réveil
Qu'il s'est laissé berner par un charme magique,
Au profit d'un parti rapace et tyrannique.

De tout temps, en tout lieu, le parti clérical,
S'il a fait quelque bien, a fait beaucoup de mal.
J'ai dit. L'histoire est là;—qu'on feuillette... les pages
Ne sont que trop souvent peintes de ses passages.

Sincères plus ou moins et plus ou moins bigots,
Prêtres, pasteurs, rabbins, évêques, cardinaux,
Prestidigitateurs lançant bien la poussière
Au fond du gobelet, n'ont jamais la misère.

Que de millions, hélas l donnés mal à propos,
Procureraient un peu d'aisance et de repos
Au peuple, travaillant et toujours... et sans cesse
Pour tant de gros mangeurs qui sautent d'allégresse
Et qui vous rient au nez, se pensant en dessous :
Aie ! quel plaisir de voir qu'on s'éreinte pour nous.

Assez et trop longtemps bouffis de suffisance,
Ces êtres ont paissé notre herbe d'ignorance.
L'on peut servir le Ciel, pratiquer les vertus,
Sans tant de débitants de prônes, d'orémus ;
Et l'éducation logique, salutaire,
Non, ne se couve pas dessous le scapulaire.

Si l'on veut mettre, enfin, la France en bon état,
Qu'on sépare au plus tôt l'Église de l'État.
C'est une solution de grande importance :
Il s'agit de donner au monde son aisance.

Dominant aujourd'hui le champ universel,
La liberté ne veut à son sublime autel
Que des desservants purs, remplis de son symbole,
Disciples de sa foi, timbres de sa parole.

Députés, sénateurs, arrachez, replantez,
Nettoyez, épurez, sans cesse renvoyez,
Jusqu'au jour où l'État, dans toutes ses artères,
Ne verra se mouvoir que d'esprits sanitaires;
Qu'alors tout, sous l'agent du siècle lumineux,
Étale aux quatre vents un tableau radieux;
Que la paix, le travail, le progrès, l'industrie,
D'une douce atmosphère entourent la patrie,
Et que jusqu'aux recoins la juste humanité
S'écrie à pleins poumons : VIVE LA LIBERTÉ ! ! !

HOMMAGE

A M. JULES GRÉVY

Nouveau Président de la République Française

L'allégresse à grands flots a submergé la France.
Musiques, danses, chants, fêtent à l'unisson,
Dans le jour radieux de notre renaissance,
Le nouveau président de notre nation.

Des élans de mon cœur je dois faire l'offrande ;
Puisse mon vœu fleurir en la réalité !
Pour notre Président, au ciel je ne demande
Que de long jours parés d'une bonne santé.

Le reste ira tout seul. Ici la confiance.
Quelque chose me dit c'est l'homme bien choisi :
L'esprit du droit humain domine sa conscience,
Et Thiers, tant regretté, va renaître en Grévy.

31 janvier 1879.

IMPROMPTU

Sur la diminution du traitement du haut clergé et l'augmentation du petit clergé [1]

———

Oh!... Malédiction !... étroite manigance...
L'on enlève aux lions pour donner aux corbeaux ;
Et le peuple est toujours le coin de négligence,
Et le peuple, toujours, est rongé jusqu'aux os.

Oh ! jusqu'à quand, sur lui, trônera l'injustice ?
Sapredor ! jusqu'à quand ce peuple travailleur,
Malgré son triple droit, sera dans le supplice
Et travaillera pour un personnel mangeur ?

De l'argent supprimé ne savait-on que faire ?
Curés, pasteurs, rabbins, n'avaient-ils pas assez ?
Et, pour modifier la publique misère,
Les impôts... voyons donc, quand seront-ils baissés ?

Ici, dans le Midi, les rentes font absence ,
Le ver soyeux faillit ; la vigne est au tombeau ;
Et qu'arriverait-il, à bout d'insuffisance ?
— Le loup trop affamé ne craint plus pour sa peau. —

———

[1] Un journal me tombe sous les yeux, faisant mention de cette nouvelle mesure. Croyant cela un fait accompli, erreur facile à reconnaître, je jette la feuille, et, le cœur débordant d'indignation, je composai ces stances, qui furent incessamment envoyées à Paris.

Sur toute liberté, liberté de conscience,
C'est un point que chacun doit gouverner en soi.
Et ceux qui des rabats renient l'assistance,
Doivent-ils les payer? O non... de bonne foi.

Non pas. Les serviteurs ne doivent point prétendre
A la bourse de ceux qui d'eux n'ont nul besoin.
C'est chose fort logique et facile à comprendre,
— Qui veut âne tenir doit acheter le foin. —

L'on ne saurait, ah non! jamais trop le redire :
Si l'on veut voir un jour la France en bon état,
Et le progrès s'étendre, et l'aisance sourire,
Qu'on sépare au plus tôt l'Église de l'État.

Louis Blanc, Victor Hugo, cœurs humanitaires,
O vous! grands champions de notre liberté,
Tâchez que des décrets nouveaux et salutaires
Sortent sous les rayons de la juste équité[1].

8 juin 1879.

[1] L'auteur a reçu réponse très-flatteuse à ces vers.

THIERS

—

Thiers n'est plus. Mais il est ! Thiers est mort. Mais il vit !
Il vit ! le patriote éloquent, magnanime
Qui par les ans, montant toujours vers le sublime,
Tel qu'un phare a brillé dans notre sombre. nuit.

Oui, tant que l'Orient versera des aurores
Qui viendront réveiller les jours dans les matins ;
Tant que l'ombre des temps couvera des humains,
Grand, il vivra plus grand dans ces futurs sonores.

Le présent, seul actif, consume le passé,
Attendant qu'à son tour l'avenir le remplace.
Dans le galop du Temps, dit-on, de race en race
Tout naît, monte, descend ; — puis tout est effacé.

Mais dans ce tourbillon, gouffre incommensurable,
Chaos, néant terrible où tout semble finir,
Il en est dont la mort ne peut tout engloutir...
Qui, tombés, sont encor vainqueurs de l'intraitable.

Oui, des êtres marqués par le cachet du Ciel
Font apparition dans les champs de l'espace,
Laissant à tout jamais leur lumineuse trace....
Le nom de Jeanne d'Arc n'est-il pas immortel ?

Salut à la Lorraine ! Et lui, cet homme illustre !
Qui de milliers d'humains a préservé le sang...
Parmi tant de héros, je le vois vraiment grand.
Ah ! puisse l'avenir s'éclairer de son lustre.

Déjà la France entière a crié : Vive Thiers !
Palme au libérateur de notre territoire !
Mais pour bien compléter ta légitime gloire,
Grand homme ! sois compris de partout l'Univers.

Sois le soleil calmant des humaines tempêtes ;
Que l'hostilité choit contre ton piédestal.
Que le futur dompté, par ton port triomphal,
N'ait plus que l'industrie en mire de conquêtes.

Alors la fausseté, la haine, l'incertain
Tomberont comme un voile ; et la pure lumière,
Sympathique grandeur, glissant du ciel sur terre,
Éclairera partout l'esprit du droit humain.

Et de la Liberté, les flammes solennelles
S'enlaçant au flambeau de la Fraternité,
Envahiront les cœurs d'une douce gaîté,
Et le Progrès, enfin, battra de ses deux ailes.

LE TAUREAU DU GARD

AU VIGAN

6 Août.

I

Où va cette foule innombrable ?
Le Vigan en ce jour s'est, ma foi, centuplé,
Et vers le tribunal tout prend un pas notable...
    Quelle est la cause formidable
    Où tant de monde est appelé ?

Ignorez-vous cela ? Faut-il qu'on vous l'explique ?
C'est le Rempart d'Uzès, c'est le Taureau du Gard,
    Qui va toiser la République
    Et relever son étendard.

Le peuple monte, va.... Comme les flots sur l'onde,
    Il murmure et puis gronde,
Se bouscule, se masse, et devient impatient
Sous le charme enchanteur d'un doux frissonnement.

Il déborde partout, le palais de justice.
    Mais bientôt dans la lice,
Champion d'esclavage, homme de liberté,
S'attaquent. Le silence est soudain respecté.

Le taureau bat ses flancs, bondit, branlant la tête ;
    De son sein la tempête

Sort avec un vacarme à vouloir tout rouler.
Son adversaire, là, rapide en ses pensées,
De pointes bien trempées,
Le harponne, le presse et le fait chanceler.

Coup sur coup, le taureau déconcerté s'agite
Dans les transes du désespoir...
Assez pour le moment. La lutte aura sa suite
A deux heures , — ce soir.

II

Deux heures vont sonner, le peuple se rassemble ;
Quand l'on dit : le champion ne combattra pas !
Il est malade, hélas ! il est fort rouge... et tremble..
Mais, calmez-vous ! son mal n'en est point au trépas

Quelle diablesse maladie
L'a pris si subitement :
Ce n'est pas une épidémie ?...
Un coup de sang apparemment.
Lorsqu'on entreprend une lutte
Qu'on croit gagner à la minute
Et que l'on fait triste culbute,
C'est le jour qui se change en nuit.
C'est le spectre qui tyrannise,
C'est la foudre qui paralyse,
C'est la lave qui dévalise,
C'est... la honte qui vous poursuit.

TABLE

—

www.ingramcontent.com/pod-product-compliance
Lightning Source LLC
Chambersburg PA
CBHW061625180626
46818CB00005B/2245